나이 드는 것도 괜찮아

나이 드는 것도

괜찮아

송양의 시집

정은출판

시인의 말

40번째 창작집이다.

아무것도 하지 않고 미래를 걱정하는 것은 공포라고 생각한다. 글을 잘 쓰는 사람이 아니기에 무한대의 시간을 퍼부었다.

매일 컴퓨터 자판을 두드리며 글을 쓰고 지운다.

외롭다, 심심하다는 단어는 낯설다. 매일 쓴다. 살아있음을 느낀다.

느리게 오더라도 준비하고 애쓴 사람에게 좋은 결과는 올 것이다.

남들의 인정을 기다릴 필요는 없다. 언젠가 세상이 나를 바라보고 오도록 도전하고 뜻을 펼치는 일에 머뭇거리지 않을 뿐이다.

내 삶이다. 내 삶을 남에게 맡기고 싶지 않다.

내가 삶의 결정권자다. 주체적인 삶을 통해 행복에 가까워진다.

타인이 아닌 나에게 맞추어 산다. 글을 쓰는 시간만큼은 확실하다.

마음의 허기가 깊어진 시기에는 표면적 풍요의 허상을 걷어내고 단단한 기쁨이 무엇인지 직시하게 한다. 내가 원하고, 하고 싶은 일에 몰입할 때 참 즐거움이 아닌가 생각해 본다.

단절의 시대에서 혼자서도 즐거워지는 법을 배워야 외롭지 않다. 혼자 있는 시간이 길어질수록 하루하루를 만끽할 수 있는 법을 익혀야 한다.

사람을 자주 못 만나게 되면서 적적하고 고독하고 허기가 잠식해 올 수 있다.

언택트의 일상에서 시는 따뜻한 희망이 되었다.

나이 들수록 혼자 있는 시간이 많다. 나이 드는 것도 괜찮다는 생각이다. 하고 싶은 일을 선택할 수 있다.

또 하루가 시작되었다. 오늘도 행복 많이 만들어야겠다.

2022년 봄이 오는 길목에서

月波 송 양 의

차례

2부

당신에게

3부

내일은

4부

생각대로

5부
어머니

1부

사랑하는 사람이여!

사랑하는
사람이여!

사랑하는 사람이여!
검은 그림자 닿지 않는 곳으로 가자
함께 손잡고 에메랄드빛 물이 되자
자유롭게 유영하며 소중한 사랑에 입맞춤하자
함께 별빛이 되고 달빛이 되자
어제 못 다한 사랑 특별한 꽃으로 숨을 쉬자
서로에게 스며들어 바다가 되자
바람이 불어도 꺾이지 말자
영원히 곁에서 사랑 노래 부르자
피지 못한 열망을 꽃으로 피우자
우리의 사랑을 바다에 새기자
이루어질 수 없는 사랑이 존재하지 않는 곳이다
언제나 사랑으로 꿈꾸며 살자
다시는 떠오르지 말자

입맞춤

포개어 잠긴다.
내 안은 그대를 위한 것
말 없어도 날 것 같은
가슴 두드림
숨에 걸린 미소를 입술로 담는다.
입속으로 받아내는 터질 듯한 열기
숨 멎도록 고동친다.
벅찬 세상
사랑의 키스

이루어질 수 없는 사랑

우리의 사랑은 성장할 수 없었다.
변화해서는 안 된다는 담장에 갇히었다
기억할 수 없는 어둠이 보였다
삶이 멈추고 사랑만 잠들기를 거부했다
세상은 변한 것 없는데 우리의 자리는 없었다.
그것이 아름다운 사랑이라 해도
자유는 통제 못 하는 낙엽처럼 흩날렸다
집중하지 못한 미래의 꿈은 과거에 묻혔다
나아가지 못하는 절벽 앞에서 날개를 펼쳤다

그대가 떠난
밤

사랑 없는 밤으로 숨는다.
창문 열고 별을 세는 것으로 이 밤을 지새울 줄이야
별들도 어쩌면 실족할지도 모르는데
그대는 넘어질 수 없어 보인다.

이 밤에 천 번씩 천 번을 외우면
그대가 찾아올지 몰라
우리의 밤을 희망한다.

별들이 떠나고 있다
방안의 따뜻함은 거리가 멀다
흐르는 눈물이 새 아침 빛이다
모두 비어있다. 해가 먼 산에 섰다

사랑의 시간

아파트 벽 두꺼워진 것보다 더 두꺼워진 그대와의 벽
사랑할 때는 벽 속에 함께 있었는지
망각의 세계 속에서도 그대는 스러지지 않고
사랑을 증명하려 남아있다
한적한 텅 빈 도시의 거리에서조차
부단히 싹틔우고 꽃피려는 기억이란 것
함께여야 그 신비가 존재하는데
그리움으로 남겨두고 고독 속에서 해방되고자 했다

나는 당신을 잃었다. 아니, 사랑의 시간을 잃었다
내 영혼은 당신에게 있다
육체의 고독 속에 다정함이 멀어진다.
사랑에 자신을 바칠 수 없이 사는 것은 견디는 것이다
불안한 사랑의 비밀은 끝내 잠겼다
금단의 열매는 심연에 숨겼다
행복을 갈망하려 행복을 잊어야 했다
사랑을 위해 죽는 수컷 벌처럼
우주를 누린다는 인간 중 가장 어리석은 동물이 나였다

죽으면 사랑을
꿈꿀 수 없다

당신에게서 도주할 기회를 엿보았다
행복과 따뜻함을 혼돈했다
내 자신을 혼자 보존할 수 없다는 것을 알면서
거미처럼 혼자 살아갈 수 있는지 실험했다
가질만한 가치를 발견하러 떠났다
향락할 만한 가치를 더 발견하러 떠났다
아무도 간섭하지 않는 나만의 자유세계는
친밀한 교제를 바탕으로 두어야 함을 몰랐다

우리의 시간은 짧았고 지금의 시간은 길다
만족시켜야 하는 욕망으로 생각을 낭비했다
내 마음의 움직임을 간파하는데도 어리석었다.
놀라운 계산자지만 결과는 씁쓸했다
젊음이 내리막을 걷는다는 것은 알았지만
사랑도 물같이 흘러갈 줄이야.
죽으면 당신을 꿈꿀 수 없다
사랑의 빚을 다 치르기도 전에 더 사랑해야 했다.

다시 돌아와

당신이 좋아하는 일이라면
무엇이든 사랑할 수 있을 것 같은데
당신이 떠날 줄 알았다면
당신의 사랑을 서랍 속에 몇 년만이라도 보관해 둘 것을
찰나의 아름다움을 위해 죽을 때까지 기다릴 수 있는데
가장 어리석은 존재라고 우겨도 좋아할 텐데
그날이 오면 당신과 함께 동행을 꿈꾼다.

사랑이 눈이 부시게 번진다.
눈가를 깊게 적신다.
불러도 침묵하는 당신, 우주가 호흡을 멈췄다.
내 세계의 모든 시간을 앗아갔지만 당신은 늙지 않는 현재
당신의 허점마저 사랑하고 있음을 본다.
목숨 걸고 사수했던 역을 당신 혼자 쏜살같이 지나갔다

당신의 전부를 사랑한 것이 죄였는가.
당신을 쫓지 못한 별들이 내 머리를 쓰다듬는다.
당신의 눈빛이 없으니 숨쉬기 힘들다
당신과 걷지 못하니 죽어서도 죽지 못할 것이다
그러니 돌아와 다시 돌아와

사랑해야 할
당신

당신 심장에 스며들고 싶다
당신 핏속에 내 피 묻고 잠들고 싶다
매일 밤 내가 편안히 잠들 수 있는 곳
당신을 사랑할 수 없다면 다 부질없는 일
당신의 심장을 듣고 있다 해도 보고파서
새벽을 닫는데 당신을 기다린다.

한없이 나약해져도 변치 않는 사랑의 마음
당신의 혀끝이 내 고향이다
당신을 사랑하기 위해 나는 존재할 것이다

내 세상에서는 당신이 가장 아름다우니
당신에게만 투자하고 있다
당신을 그린다. 공기가 숨 쉰다.
사랑한다, 사랑한다, 목이 헐었다
내 온 구석을 적시고 간 당신
죽어서도 내가 사랑해야 할 당신

운명

운명에 맡기지 말았어야 했다
미련만 덕지덕지 붙었다
평생 후회가 숙제로 되어버렸다.
사랑으로 연명했는데 나를 버려야 하나
믿음이 설 자리가 없어져 간다

당신이 없으니 하루도 완성하지 못한다.
홀로 익숙해지는 것이 두렵다
절망의 바닥은 있는데 그리움의 마지막은 없다
내 마음을 점령한 당신은 몸만 빠져나갔다
당신을 이겨낼 면역력 하나 없다
오늘도 그리움을 쓸어 담아 텁텁함을 마신다.

꽃잎 졌다

마르고 부서지고 말이 없다
살아있는 내 마음도 허공에 맴도는데
죽은 네 마음이야 어찌 말하랴
그러지 않은척하기에는 당신의 벽은 너무 높다
당신에게 생을 걸었고 생을 마치고 있다
기적이 오는 날은 이젠 없는가 보다

눈앞에 아롱거리는데 꽃잎 졌다
사랑의 패배를 기록하기 싫다
사랑해라고만 역사에 적으려 한다
다른 어휘로 당신을 담을 글들이 없다
내 손을 떠난 사랑이 하나의 우주였구나.
꽃잎 졌다고 쓰고 보고 싶다고 읽는다.

그래도 괜찮다

인연이라며 내 생을 굴렸지
모든 세계가 모래성처럼 바스러지는 것도 보았지
내 마음속에 콕 박혀있는 당신을 부른다.
나도 당신의 깊은 곳에 수장되고 싶다
사랑했던 날들이 낯설어져 간다
목숨을 바쳐서 보면 생생해질까

내가 다른 사람을 사랑하지 못할 것을 당신은 안다
판이라도 엎어놓고 갈 것이지 삶을 받아들이라 한다
매일 나를 깎아내어 숨을 쉰다.
희망을 걸고 있는 멍청한 삶이다
사랑이 산화해도 당신과라면 꿈 깨기 싫다
외로워도 그리워서 산다.
사랑의 부재를 메울 수 없다
세상을 잃을 때까지 나의 말로는 기다림뿐이다
그래도 괜찮다, 당신이니까 다행이다

더 많이
사랑한 책임

당신이 내 호흡을 가져갔다
바다를 바라보며 숨 쉬던 것이 신기루 되었다
닮을 사랑이 아니잖아, 정리할 여정이 아니잖아
당신의 세계에서 추방되어야 했다
갈 곳이 없어 길을 잃고 있다
당신을 사랑하는 것이 내겐 전부였구나.
당신의 눈 속에서 놀던 때가 좋았구나.
이럴 줄 알았다면 사진으로라도 남았어야 했다
하루 종일 당신을 쓰지만 더 멀어져간다.
절망 속에 찾을 출구는 당신임을 알았다
당신의 궤도에서 벗어난 위성으로 산다.
체념해야 별에서 벗어난다는데 딛고 싶은 땅이 없다
사랑해라고 익숙하게 말하는 젖은 밤이 줄 서 있다

그리움

지우지 못할 말을 쓴다.
제자리로 돌려놓지 못할 말들이다
당신의 이름을 먹어본다.
배고파 시달리며 절망을 거친다.
당신이 이별이라 말해도 사랑으로 간주했다
단 한번만 하면서 오늘을 산다.
한 시간이면 영원을 견딜 것 같다.
사랑해가 나에게 완성할 수 있는 문자이고 싶다
불멸의 당신을 찾아 초심을 흐릴 생각이 없다
슬픔을 웃깃으로 누르는 것도 지쳐간다
상상이라도 우리에게는 영원한 사랑이라 말하고 싶다
당신을 사랑하는 것이 정답인데 꿈이라서 깨는가.
알 수 없는 물음에 그리움만 자란다.

눈을 감고

밖은 추운데 내 몸은 불탄다.
빨리 늙으면 덤덤해질까
마지막인 줄 알았다면 절망적인 얼굴이라도 보였을 것
내 심장을 헤집고 있는 당신의 행동을 잊는 마법은 없을까
내 것이 아닌 사람에게 열망이라니
당신이라고 증명되면 모두 사랑하다니
일생을 당신에게서 벗어나지 못하다니
나는 당신이 아니었을 때가 없기 때문이다

눈을 감고 있다
당신이 없어지는 현실이 두렵다
오늘이 전부인 것처럼 눈을 뜨지 말자
상상 속에서라도 헤어지는 연습이 가능한지 보자
눈을 뜨면 내 시선의 끝에 당신이 없다
하루가 나보다 당신이 더 많아도 괜찮다
사랑으로 감탄하는 시간이고 싶다
감히 눈을 감고 빈다.

당신의 그늘

사랑에 허덕이면서 당신을 사랑한다고 서술하고 싶은데

글귀가 생각나지 않는다.

무거운 슬픔이 삶을 붙잡아도 당신의 좋은 점을 다 설명할 수 없다

원망이라면 좋을까 했는데 내겐 당신이 너무 찬란해서 가당찮다

당신이 전부이기에 당신을 조금이라도 떼어내면 기술할 수 없다

다 바쳐 사랑하였고 사랑할 수밖에 없는 나의 탓이다

당신의 삶에 조금만 스며들게 끼워달라는 독백이 툭 떨어진다.

그리움만 쓸 수 있다니 허물을 벗지 못하고 당신 이름만 쓴다.

닿지 않는 거리도 사랑이라면 바람에 자꾸 걸려 넘어질 것이다

그리움만 자란다고 다시 쓰고   당신 실루엣에라도 수장되고 싶어 눕는다.

눈이 내리네

당신은 오지 않고 향기만 보내와 질식하겠다.
이별했는데 헤어지는 연습을 해야 하나.
지난 시간에 묶여 체념할 여력도 없다
그냥 과거의 우리로 빠져버리고 싶다 갇히고 싶다
서로 사랑했다는 것이 꿈은 아니었잖아
하늘의 별들도 모두 죽었다
사랑하는 한 당신은 쉽게 정박할 항구로 생각하지는 않았다
이룰 수 없는 사랑의 감정은 잊으라는 건 거부한다.
내 곁에 없어도 사랑한다, 정의하련다
영원히 분쇄하지 못할 당신의 이름이다
당신 때문에 아파하는 습관은 뜨겁다
남은 생을 사랑 일기에 쏟아부으며 살 것이다
당신을 사랑한다고 부르는 입술을 가려야겠다.
멀쩡한 눈 뜨고 방황하는 것은 나의 몫이다
영원히 사랑하겠다는 말을 하지 않았어야 했다
팔을 뻗으면 그리움만 잡힌다.
계절이 바뀌어도 나의 계절은 눈만 내린다.
하얀 눈을 맞으며 걸어도 탈출할 방법이 없다
모든 통로는 당신에게로 가는 길뿐이다
당신이 눈을 뿌리는가, 심장이 아파 얼굴을 묻는다.

눈雪이 눈目 속으로 들어가 내가 젖는다.
눈이 그쳐도 당신은 안 올 것을 알면서
당신이 아니면 사랑하지 못하니까
눈 속을 걸으며 마음이 무너진다.
어떻게 해야 미칠 수 있는지
당신이 없으니 미칠 때까지 눈길을 걷는다.
내 몸이 좌우 앞뒤로 심하게 흔들린다.
Tombe La Neige(톰 브라 네이쥬) 눈이 내리네, 샹송이 퍼진다.

오늘도

내 마지막 사랑이 되어주어서 고맙다고 말해야 한다
사랑한 시간은 너무 짧고 사랑할 남은 생은 너무 길다
당신만은 아니겠지 했는데 짝 잃은 사랑을 해야 한다.
안 올지라도 평생 믿으며 살 것이다
꿈속에서나 당신을 봐야 하니 애초에 그려나가지 말 것을 생각한다.
아무리 발버둥 쳐도 내 사랑은 당신께 도착하지 않겠지만
또 하루가 마친다.
당신과는 상상 속에서만 맺어진다.

2부

당신에게

기다리겠어요
늦기 전에
불멸
날개
하지 못하는
사랑하다 죽어버려라
사랑은 노력이다
꿈
시든 꽃
사랑의 배
구름길

사랑의 상처
사랑하니까
당신에게
다음 생은 꼭 약속하자
이별
아내

기다리겠어요

나는 당신을 다 이해 못 합니다.
다만 다 사랑할 수 있습니다
사랑이 이해를 초월해서 다행입니다
당신의 존재만으로 충분합니다.
당신보다 나에게 착한 사람이 되지 못하고 있습니다.
온 세상에 당신밖에 없는 것처럼 듣고 싶습니다.
어떤 경우라도 사랑하고 있을 것입니다.
나! 이렇게 아팠다고 가슴을 열어 보이고 싶습니다.
당신에게 보여주고 관심을 얻어내고 싶습니다.
나에겐 당신이 필요해라는 말 들어줄 당신이 없네요.
기다리겠어요.
너무 오랫동안 아프게 버려두지 말라고 부탁하네요.

늦기 전에

당신은 음악이 아닌데 인생에서 여운이 너무 길어요.
그대와의 꿈을 잃지 않았는데 늙어가네요
마음만 청춘이고 체력은 방전되고 있어요.
얼마나 거리를 유지해야 당신이 보일까요.
일그러진 달이 둥글게 되고 실낱같던 달이 훤해지고 셀 수 없었는데
가슴에 전하는 것은 보고 싶다는 말뿐이네요
사랑하는 한 방황이 영원할까요.
내 자리가 어디인지 죽을 때까지 물어야 합니까.
행복의 정체는 무엇에든 미치는 것이라지요
사랑에 미쳐가는 사람은 공감할 수 없네요.
마음에 불을 질러 타오르고 있어요.
두 눈 뜨고 꿈꾸고 있어요.
늦기 전에 늦기 전에 단 한번만이라도

불멸

사랑하면 괴롭고 안 하면 외롭다
스스로 녹아내리는 빙산처럼 회복되길 기다려서인지
사랑하는 사람을 도우려 놓아주어서 힘든 것인지
한꺼번에 사랑을 쏟아부어서인지
어쩌면 당신에게는 내가 존재하지 않은 모양이다
꿈과 시간 속에서 그렇게 지나갔지만, 알아보지 못했다
당신이 죽여도 구름처럼 모양을 바꾸어 부활할 것이다
당신은 방문할 수 없어도 나는 꿈속 세상까지 꺼낼 것이다
버리지 못한 꿈이 그리움이 된다.
당신과의 사랑이 신화가 될지라도 일상의 꿈이 전설이 될지라도
세월이 차곡차곡 쌓여 불멸의 사랑이 되어도
하루하루의 삶을 저축하고 있다
나의 사랑을 증언하고 기억할 이가 있을 것을 믿으며
살아있음을 느끼게 하는 나의 유일한 놀이 글의 놀이
한낮의 짧은 몽상이어도 내 앞에 신대륙이 펼쳐있다
달리고 싶은 내 영혼
당신이 올 때까지 죽지도 사라지지도 않을 것이다

날개

유유자적 하늘을 난다
사랑의 향기에 취해 날아오르는 것이다
그대 손을 잡는 한 창공을 가르며 날 수 있다
우주를 꿰뚫는 일이 얼마나 존재를 황홀하게 하는지
눈을 뜨고 꿈을 꾼다.

당신이 뿌리치면 끝없이 낙하하겠지
사랑은 불구덩이일 수 있으니
몸이 태워질지라도 감미로움에 몸을 떨고 싶은 것
슬픔으로 전환될지라도 기쁨이 필요한 시간
희망은 절망에서 낳는다는 것을 믿는다.

당신은 내가 기억하는 한 늙지 않는다.
얼굴을 보지 못해도 사랑의 존재를 믿는다.
만나야만 사랑이라면 신도 없는 곳에 살 것이다
세상에 빚진 육체를 벗고 싶다
마음을 훔친 곳 찾아 떠나는 자유를 꿈꾼다.

하지 못하는

사랑! 그 뻔한, 끝은 반복의 역사다
정해져 있는 길 내디뎌야 굴욕을 안다
신의 편에 서면 소통이요 깨달음이라 말하지만
허공을 향해 내디디고 있다
없는 길을 만들고 신의 옆자리가 비어있을 것을 믿으며
볼 수 없는 길을 육체의 발걸음으로 다가가려 한다
의심 없이 온 몸을 던져야 비행할 수 있는데
계산된 가슴은 빛으로 된 길을 가지 못하고
신도 아니면서 영원을 남발한다.
내가 이 땅에 온 이유는 당신을 행복하게 해주기 위함인지도 몰라
아슬아슬한 선위에 있어도 다가가기를 포기 않지만
사랑은 정착하지 않으니 다른 별까지 찾아가 보라 한다.
그곳에서 당신이 있다면 설렘이 다시 시작되는데
나의 외로움과 무능을 독백해야 하는지 아무것도 하지 못한다.

사랑하다
죽어버려라

사랑이 스킨십의 세계에서 나왔을 때 사랑은 영원불멸한 것
미워하고 감동하는 스킨십도 사랑에서는 응석뿐이다
지성으로 충만한 사랑이 사랑이라고 써야 한다
미련은 가지지 않았다고 빈손은 감춘다.
사랑은 스킨십이 아니라 거룩하게 존재하는 것이라고
사랑은 헤어져도 그런다면 이별 아니라는 것
사랑은 명의이전 하지 않아도 가슴 가득 사랑이라는 것
내 전부로 당신을 만났어도 욕심을 내면 사랑 아니라는 것
어쩌란 말이냐
사랑은 죽어도 사랑하다 죽어버리라 하네.

사랑은
노력이다

애초에 하나였다면 소통한다.
내 안에 그가 있다면 당연히 닮는다.
외부로 드러나지 않아도 날마다 태어난다.
영혼이 포개져 있는데 가를 수 없다
어디까지 그고 어디부터가 나인지 답을 모를 때
연인과의 거리를 측정하게 된다.
느끼고 만져도 허공의 육체를 느끼는 것이다
누구도 우주만큼 장대해지지 못하기 때문이다
사랑이 연인 사이를 걸어 다닌다.
스스로 통제하지 못하면 슬며시 떠난다.
스스로를 귀하게 여길 때 스스로를 믿을 때 소통하려 든다
사랑에도 근육이 필요하구나.
정신을 단련시켜야 하는 것, 노력뿐이라니
관계를 이어나가는 것은 자꾸만 끌어당기는 것을 만드는 것
사랑 속에서 영원히 살고 싶다면 삭제되지 않아야 하나 보다

꿈

당신의 울타리 안이 궁금했지
갖고 싶다는 소망
유혹의 시선을 넘어 속을 보았지
경계 너머로 흘러갔다가 적나라한 모습 보았지
황홀한 사랑의 꽃
천상에 이를 수 없는 꿈을 이루었지
영원한 별이 되자는 약속
하늘과 땅을 잇는 무지개처럼 살자던 말 말 말들

불의 따스함이 차가움으로 만나게 되었지
낭만적인 열정을 이성적 냉정이 다스리는 날이 왔지
마음만으로 말하라는 천형을 받았던가.
신음소리 같은 그대의 심장은 느끼었지
눈먼 마음은 떨리고 그리움이 발열했지
인연의 줄을 놓고 잠에서 깨어났지

시든 꽃

당신과 나의 몸이 다시 분리되었지
나를 읽어주지 않던 날부터였지
완전한 줄 알고 소리를 내지 않았지
본래 원의 형상은 조용하다지.
당신의 손길로 세공되어질 것을 믿었지
절하된 소망으로도 기뻐했으니까
과분한 탐욕은 내려놓자고 했으니까
한 계절만 당신을 가지면 된다고 했으니까
어느 날부터 당신은 연락 두절
가시에 찔렸지만 태연하게 노래했지
당신 마음 찌를까 봐 끊어진 인연 줄만 잡았지
취한 사람처럼 달빛 건져 올리는 습관을 낳았지
시든 꽃들이 내 머릿속에서 피어나고 태워졌지

사랑의 배

다들 울면서 돌아오는 것을 알면서
자기 배는 난파되지 않는다고 믿는다.
사랑의 배를 띄울 때는 잔물결이었다고
사랑 생산에만 중독되어간다
소낙비 같은 폭우로 적신다.
서로 포갤 수 없는 날은 없다고 착각한다.
섬처럼 떠 있는 것이 자신임을 잊는다.
빠르게 낡아가는 것이 배라는 것도 잊는다.
그리워할 시간이 따라오지 못할 정도로 달린다.
낭떠러지에 떠밀릴 것은 상상조차 하지 않는다.
사랑의 화살이 자신의 눈을 찌름도 인정하지 않는다.
흔적 없이 사라지는 배를 보낸 뒤에야
아프고 불안해했던 날들까지 아쉬워하며 돌아온다.

구름길

그대여 구름처럼 일어나라
솜털처럼 하얀 꽃을 피워라
그대 입술에 이슬 하나씩 흘려 잠재우고 싶다
사랑의 시간을 만날 때는 침묵해도 된다.
봉투 속의 연서를 읽어도 좋다
하늘에 하얀 물감은 덧칠하지 말자
세상의 모든 것들을 구름으로 덮어버리자
모두 지우고 우리의 대륙으로 펼쳐놓자
눈치 볼 것 없고 우리의 길만 그리면 된다.
숨겼던 비밀의 날개 펼치자
미소 머금으며 향기를 보자
모두 고스란히 놓고 와도 된다.
사랑 말고는 다 벗어 버리고 떠날 것이다
지금까지의 수련이면 충분하다
넉넉한 품으로 안아 보자
햇살이 화폭 속으로 스며들기 전에 어서 가자

사랑의 상처

상처다 옹이다 아니다, 사랑의 흔적이다
지우면 그리움까지 사라질까 봐 성형하지 않는다.
아름다웠다고 신선했다고 가슴 열어 독백한다
부정해도 뼛속까지 새겨진 역사
두려워하며 살 바에는 위험한 사랑을 택하리니
다시 살아도 그 사랑에 몸을 던지리
사랑했으므로 상처를 만들었으리라
사랑했으므로 아프게 하였으리라
사랑했으므로 고통을 주었던 것
사랑의 느낌으로 삶이 자신을 통해 살게 하였던 것
상처를 지닌 사람 있다는 것은
사랑을 절대로 잊지 않고 있다는 것이다

사랑하니까

당신의 손을 잡고 싶은 것은 살아있다는 것
내 안의 감옥에서 빠져나올 수 없을지라도
신을 거부하고 이루어질 수 없는 사랑을 거부하고
자유롭지 않은 새장을 기웃거린다.
당신의 온기만 사랑하는 것은 아니겠지만
바람처럼 흐르고 싶다가도 호수의 물이 되어 당신을 띄워
주고 싶다
당신이 떠나기 전에 당신의 일부가 되고 싶다
내가 죽은 뒤 사랑의 나이테를 세어보면 무슨 소용
세상 규칙은 잊자, 사랑해야 한다면
세상에 반역하리라, 당신을 사랑하니까

당신에게

내 詩의 원천은 당신입니다
그러니 미워하는 마음을 꺾지 말아 주어요
당신에 대한 한이 없으면 누구를 적으로 삼고 시를 쓰나요.
당신에 대한 미움이 없어지면 고통도 슬픔도 없어지겠지요.
그러면 내 시는 반쪽짜리가 되겠지요.
미워하게 해주어요, 가까이 오지 마세요.
미소나 부드러운 음성은 보여주지 마세요.
감미로운 향기도 풍기지 마세요.
당신이 있는 곳에서 벗어나게 해주세요.
다시 사랑하게 된다는 희망을 꺾어주세요.
믿음으로 기다림 속에 살지 않게 해주세요.
아!
태양이 빛나요, 당신인가 고개 돌려 바라보네요.

다음 생은
꼭 약속하자

당신을 보면 다시 사랑할까 봐 어지럽겠다.
당신을 보면 불길을 향해 닿을 수 없는 높이까지 뛰어보겠다
사랑해서는 안 될 헛된 깨어있는 꿈
온몸의 설렘 빛만 보아도 짜릿하다
당신 속에 얼굴을 묻고 행복하겠다는 것은 버렸다
마음을 홀리는 느낌도 풍기지 말자
몸을 던지기에는 가시의 아픔이 먼저 온다.
이 생애는 인연이 여기까지다
지친 눈빛을 바칠 발걸음은 무겁다
그리움에 사무치도록 놓아 주자
가슴 벅차게 만나고 속절없이 무너지기 싫다
뜨거운 가슴으로 울게 하라, 침묵하게 하라
다음 생에는 인연의 서곡을 마련하자,
끝없는 사랑을 꼭 약속하자

이별

그를 가지겠다고 빨았다, 환상으로
그를 잡을 수 있다고 쫓았다, 상상으로
바람 속에서 그가 들린다, 나는 그림자 벗는다.
되돌아서는 그가 미워 눈물이 매달린 목소리 낸다.
이별은 떨어지는 동백꽃처럼 적막하다
아쉬움. 묻어도 서러움 아른거린다.
후회가 넓어지는 공간에 흐른다.
미련을 매달고 빈 그림자 보며 눈시울 붉힌다.
그리운 사람 돌아올 것 같은 수평선
행여 만날까 걸어본다
막차처럼 사라진다, 헛된 인연 아니길 그린다.
별들도 메말라버렸는지 내 발길을 막는다.
사랑은 흩어지고 가슴에 여운만 내린다.
손잡아 줄이 없는 한 사람 한숨 떨고 서 있다

아내

내 삶이 소멸되어 넘겨지기 전에 더 아껴야지
내 사랑 이승의 바람 되기 전까지 후회 없도록 해야지
초심을 꺼내어 어루만지고 껴안아야지
꽃잎 만발한 봄날에 닿아있게 해야지
결혼식 날 맹세 때만큼 굳은 의지 다짐해야지
아내의 잔소리도 내 혈관에 스며들게 해야지

이제는 미운 정도 사랑 탑을 만들 수 있다
토라질 경우의 아내도 함께 서럽지 않다.
하얀 재가 되어 흩어질 날이 더 짧기 때문일 것이다
쌓인 정이 아깝지 않다고 억지 쓸 자신이 없다
세월의 풍화작용으로 나이 들어가면서 익어간다
종착역에서는 이루지 못한 꿈도 내려놓아야 한다
사는 날까지 내가 되고 우리가 되어 웃고 살아야지
살아갈 날 해답 알듯 흐뭇하게 살아야지

긴 세월 이겨낸 발자취가 깊어 보이는 아내에게
사랑한다는 말 못 하고 헛기침만 한다.

3부

내일은

조화
대추나무
갯바위
잠에서 깨어나
파랑새
꽃과 나무의 말
오늘이 끝날이라면
여행
나이 들면
살아보니
죽기 좋은 날로 살자

예술가의 삶
나는 어디에 있느냐
올레길
다음 생까지
내일은
여름

조화

인조 꽃은 좋겠다. 낙화의 슬픔을 모르겠지
벌레에게 물리는 아픔도 없고 꽃잎 지는 이별의 슬픔도 없겠지
감정에 흔들리지 않고 빗물을 마시지 않아도 되겠지
탄력 잃어가는 몸이 가렵지도 않겠지
화려한 꽃망울 젊음이야 순간 아니겠어.
사랑한다면서 꺾어 예뻐하다가 버림받을 일도 없겠지.
생화처럼 일찍 사라질 청춘도 아니겠지
소녀처럼 오랫동안 꿈을 꿀 수 있을 거야
아침이 와도 입 벌리고 가슴까지 내보이지 않아도 되겠지
그리움이 후려치는 밤도 없겠지
묵묵히 제 삶을 빚으며 신호등처럼 서 있으면 되겠지

대추나무

이미 사랑의 씨앗 물고 있는 민들레가 부럽지도 않은지
보고 싶은 이, 찾아 날아가는 것도 관심 없는지
무엇이 그렇게 중요한지 정박해서 접근금지 명령까지
봄이 가려 할 때야 잎을 틔우는 대추나무
고난의 성직자인가 가시를 둘러메었다
초록으로 세상을 밝히다가 붉은 열매 피게 하겠다는 믿음
용수철 같은 사랑은 비교 불능이란다
당찬 포즈, 일편단심, 정열 가슴
속삭임이나 향기로 기억되지 않는다.
늙을수록 값 오른다고 스스로 치켜세운다.
죽어서도 좋은 일 하는 것은 좋은 일 아니냐며
영원한 삶 살겠다고 실속 없이 마음 열지 않는다.
대추나무! 바람 없는 세상이 어디 있느냐며 생의 화면을 그리고 있다

갯바위

파도치는 포말
바닷물결 출렁일 때 가슴 드러내는 갯바위
산산이 부서지더라도 온종일 물들이며 기다린다.
난파를 두려워하지 않는 사랑을 그린다.
위험하지 않은 사랑이 어디 있냐며 목숨 아끼지 않는다.
비틀거리면 어떻게 삶을 이어 가냐며 강심장 밝힌다.
갯바위에 앉아 추억 음미하며 미소 짓는 나
흰머리 생겨서인가 정답게 자리 내어주는 갯바위
짠맛 내는 바다가 아니어도 그윽한 향기 피는 유혹
삶의 갈등 다 내려놓고 가라며 넉넉하게 살란다.
들숨과 날숨 쉬면서 부활을 꿈꾸는 갯바위

잠에서 깨어나

잠은 욕심의 무게와 비례하는가 보다
피로감에 누워도 밤은 길다
새벽은 멀고 잠은 고이지 않는다.
무너지지 않는 영혼은 제자리다
생각을 그리다가 첫 열차 소리 듣는다.
포근히 잠들 수 있는 시간에 일어난다.
선물 받은 생을 맞이해야 한다
우주가 내 품에 안긴다.
오늘도 떠나고 싶지 않다
어디까지 흐를지 즐기고 싶다
물처럼 흘러가면 편할 것이다
더 이기려고 가지려고 추한 모습 들키지 말아야지
겸손의 무게를 늘리면 삶의 품격도 높아진다지.
나이 들어 새벽에 일어나니 부모 마음 그립다

파랑새

내가 사랑했던 것들은 가까이 있다
멀리서 찾았던 것은 떠나보내기 전에 돌아간다.
나의 일부가 된 것은 본래 가지고 있다
외면해도 꽃은 핀다.
소유라는 것은 잠시 헛된 꿈
나의 영혼과 함께했던 사랑만 영원히 함께한다
경이로움에 무관심하지 말아야지, 주어진 행복을 감사해야지
가지고 갈 수 없는 물건들은 놓는 연습 해야지
새로운 삶의 방식을 선택해야지
완전히 지치기 전에 자신의 음악을 듣자
놓을 때가 되면 떨어지는 나뭇잎처럼 생각하자
망각하기 전에 가까운 것을 사랑하고 묶이지 말고 자유인이 되자.

꽃과
나무의 말

내가 가꾼 꽃. 내가 키운 나무
내 것이지, 내 소유지, 내가 만들어 놓은 것이니까
이웃에게도 말했지, 내 소유 내 정원을 구경하라고

꽃은 말하지, 나무도 함께 말하지
우리가 왜 당신 것인가, 당신 소유인 적 없다는 말
나를 당황하게 만들고 머뭇거리게 만들지

꽃과 나무들은 내가 죽은 후에도 피고 지고 다시 핀다는 것
삶이 시든다.
내 것이라 선언해서 미안해 사랑해

오늘이
끝날이라면

사랑한다고 꼭 말해주어라
활짝 핀 꽃도 내일이면 떨어질지 모른다.
새도 다른 곳으로 날아갈지 모르고 산 다람쥐도 다시 볼지 모른다.
자신의 운명도 내일 일은 신께 물어봐야 한다
이 순간이 마지막이 될지 모르니 부드러운 눈빛을 보여야 한다
오늘이 끝날이 아니라는 장담은 누구도 못 한다.
삶을 사랑한다면 나부터 사랑해야지
되돌아오게 할 수 없는 사람도 사랑해야지
내가 걷던 길은 남지만 사람은 세상이 죽는 것을 보지 못 한다.
내가 아닌 다른 것들로 나를 정의하기 전에 나의 인생에 올라타야 한다.
내일을 맞지 못하는 것도 세상의 한 방식인 것을
지금은 모든 것을 다 잃지 않았다. 오늘이 끝날일지 모른다.
사랑한다고 꼭 말해주어라

여행

외로움을 모두 흡수한 것들로부터의 탈출
방안 가득한 떠나보낼 물건들은 아직도 정리 못 하고
내가 달아나는 것이 더 쉽다며 여행
고생길을 겪으라고 부추기지만
안전보다는 또 다른 어딘가로 간다.
인생을 다시 시작하고 싶으면 여행이다
에너지가 차오르고 기분이 뜬다.
오직 현재에 몰입하는 긴 시간 여행
모든 것이 현재시재다
과거도 미래도 원경으로 물러난다.
후회와 불안은 지워진다.
현재로 데려다주는 것은 여행뿐
현재를 즐기고 누리자 여행
어두운 그림자로부터 벗어나는 여행
내 발로 한 여행만이 진짜 여행
시작과 끝이 있다는 소설처럼 여행도 닮았다
출발했던 지점으로 안전하게 돌아오면 새로운 감각들이 되살아난다.
여행! 떠나는 거야.

나이 들면

죽음 앞으로 다가가는 삶이다
세상이 어수선하여 내일을 모른다.
어둠의 깊이도 침묵의 소리도 모른다.
다가오는 오늘이 소망일 수 있다
찬란한 비상보다 아픈 몸이 먼저다
버릴수록 몸이 점점 가벼워진다.
세상 다 견딜 유혹이었던 적도 있었겠지
이제는 살아있음에 행복해야 하겠지
도저히 져버리지 못한다고 외침 대신 침묵이 흩어진다.
눈에 밟히는 것들 두고 가야 한다
인연의 삶에 시간을 다시 꿈꾸러 가야 한다
내 육체는 나보다 먼저 나를 떠날 준비 하고 있다
살아있음에 감사한다. 풀 하나에도 내가 머문다.

살아보니

순간의 쾌락, 탐욕
갈증을 보태는 늪 속의 허우적거림이더라.
비우고 마음 다스릴 때 근심 걱정 사라지더라.
풍족한 도시보다 없는 것이 더 많은 자연 속의 삶이 행복하더라.
껍데기에 신경 쓸수록 흔들리더라.
마음이 고요하면 평화로워지더라.
내가 싫어하면 화가 나고 상대가 싫어하면 분노가 일어나더라.
집착하지 않으면 고통도 없고 누리게 되더라.
호흡이 고요하도록 맥박을 재보는 습관을 만드는 것이더라.
감정의 흐름을 끊고 생각 없이 하늘을 보는 습관이 생기더라.
살아보니 행복을 만드는 건 자신의 습관에 책임지는 것이더라.

죽기 좋은 날로 살자

하루가 시작되면 죽음을 그려본다.
영원히 살 것처럼 굴 필요 없는데
작은 걱정에 인생을 소진하는가.
죽은 후 내가 슬퍼할 수 있을까
명성도 욕망도 죽으면 가치 없다.
잠시 머무는 곳에서 하고 싶은 일이나 하다 가야지
지금 이 순간이 죽기 좋은 순간으로 살자
많이 가졌다고 삶이 숙성된 와인이 되지 않는다.
내가 그러하듯 누군가도 이 순간 나를 삭제해버릴 것이다
죄책감 없이 계산 따라 지우고 있다. 스스로를 지우듯
사회에서 삭제되어도 완전체 혼자는 존재한다.
나를 넘어서 할 수 있을 때까지는 꿈을 꾸자
우주를 가로지르다가 떨어져도 좋다
무기력한 생활인보다는 낫다
삶이라는 미로에 묶여 생활하는 것보다 오늘도 죽기 좋은 날이라고 날자
삶을 연출하자
죽기 좋은 아침, 온몸으로 죽어 살자고 생이 파드득하게 살자

예술가의
삶

외로워도 마음 붙일 곳 없느니 세상 구하는 일이나 할까
아니야, 나 자신을 구하는 것이 먼저지
머지않아 사라질 먼지와도 같은 존재지만
사랑도 생명을 다했으니 깨달음의 세계나 넘나들자
인간과의 사랑은 유효기간이 있다는 것을 알았건만 매혹의 스트레스에 졌구나.
예술로 세상을 바꾸어볼까 했다는 것은 허울 좋은 배반인가
예술이 삶이 된 줄 알았는데 꿈이었단 말인가
나만의 연기하다가 쓸쓸히 무대에서 사라질 날을 보게 되나니
그래도 작가가 있어야 할 자리에 앉아있다는 자부심은 남아 있네
삶을 이야기하며 예술가 자세 잡고 있네.
지구에 온 까닭을 배신할 수 없으니까

나는 어디에
있느냐

삶을 지옥으로 천국으로 바꾸는 것은
생각 속에 갇혀있는 나 자신
어느 생각의 회로를 돌리느냐의 차이
내가 어느 상태로 존재하느냐의 차이
눈을 감으면 아무것도 보이지 않아도 나는 있듯
어떤 것을 맛보았다 해도 최초의 장소로 돌아간다.
얼마 후에는 나는 어디에도 없으며 존재하지 않는다.
사라진 과거의 모든 이들처럼 잊어진다.

사랑이나 감정들은 영원히 기억되지 않는다.
내 속에 저장하려 들지만 유지되지 않는다.
빛과 소리가 기억의 대상일 뿐인 것처럼
내가 상상해낸 것이다, 내가 만들어낼 수 있는 대상들을
또 모르지, 컴퓨터처럼 먼 후일에 기억이나 마음까지 복구
될지도
지구에 기생하며 지구를 파먹고 오염시켰다는 것
서로 파괴하는 동물로 살았다는 것
영생을 바라지 않지만 이렇게 살지는 말아야겠는데…….

올레길

기억을 품고 걷는다.
석양이 자러 가기 전까지 걸을 것이다
바다처럼 한평생을 살았구나.
푸르고 잔잔한 파도가 반긴다.
햇볕에 손을 말리며 간다.
가슴에 박혀있던 돌멩이는 이미 빼내 버렸다
어쩌다 마주치는 올레길 낭객에게서 낯설지 않은 눈빛을 본다.
의자에 앉아 춘몽을 재연하지 않아도 좋다
유채꽃들이 입을 벌리고 웃고 있다
올레길 산책 발걸음이 얇다
행복한 벌을 수행 중이다
유연해진 두 팔로 파란 하늘을 안는다.
햇살 펴진 길을 닻 올리며 간다.

다음 생까지

사랑을 꺾어 꽃병에 담아야 한다
시들게 해야 한다, 거부할 수 없는 운명이잖아
그리움의 규칙은 더 망가지기 전에 놓아야 한다
생각할 때마다 더 힘들어지잖아
울지 마라, 지구가 흔들린다.
사랑의 흔적마저 무너지면 꿈도 꾸지 못한다.
예고 없는 작별을 다시 시작하지 말자
이루어질 수 없는 사랑이란 이루어질 수 없는 사랑이라는 것
추억이 바라지 않도록 가슴속에 담아두자
끝이 정해져 있지 않은 사랑은 다음 생에서 하자
섞어서 우리만의 시간을 색칠하자
사랑해도 사랑하지 않아도 후회할 날들은 내려놓자
놓쳐도 좋다, 다음 생까지 기다리는 것은 익숙한척하자
보고 싶다고 쓴다, 사랑하는 사람을 쓰다가 그림 된 글씨를 본다.

내일은

사랑하고 싶다고 다 사랑할 수 있는 건 아니다
떨어지는 비도 길을 잃을 때가 있다
파도만 보고 판단하지 마라
바람을 보지 못하면 동요하는 물결만 보게 된다.
겨울을 버려야 봄을 맞듯, 놓아야 그런 사랑이 죄인 것을 안다
가지 않으면서 먼 산을 넘는 사랑도 추억이 된다.
날마다 꽃길일 수는 없으니 쉬었다 가자
감춰뒀던 마음, 눈으로 내릴 때 보아도 좋겠지
가을이 흔들린다고 겨울을 치울 수야 없지
달은 제 몸을 태워도 다음에 다시 오지
홀로 가야 할 운명이라면 외로움은 사치지
오늘이 다는 아니지, 내일은 넉넉할지 모르니까

여름

민들레는 먼길 여행을 떠났다
바람이 파랑 풀잎을 눕히고 있다
나무들이 초록의 울림을 흔든다.
내 마음도 바람이 부는 곳에 있다
별처럼 붙박여 있지 않다
산은 잠들지 않았는데 봄이 갔다
생명을 낳으려 계절을 바꾼다.
홀씨 날개 하나 빌려 받을 수 없지만 두 팔을 들어본다.
내가 보낸 생각들 잡아 담아 볼까
여름에는 봄을 생각하고 봄에는 여름을 생각하네.
저마다의 색깔을 이해해야지
다시 오는 계절, 반복할 수 없는 인생, 따라잡지 못하는 인생
봄이 갔다. 해가 서쪽으로 진다.

4부

생각대로

생각대로
개의 눈빛
덫
목련
자연에 살다
가을 나무
탐하다
윤회
자화상
양복
꽃밭에서 풀을 뽑으며
나이 드는 것도 괜찮아
산(山)
행복 많이 만드는 날
풍세산장
삶을 품다
나는 자연인이다

생각대로

청춘을 간직하기 버겁다고 말하지 마라
세상은 말하는 대로 이루어진다.
세상은 생각대로 이루어진다.
포기하여 멈출 뿐, 될 때까지 하면 된다.
말하라, 생각하라, 행동하라
몸을 붙들어 매어 놓지 마라
그립다고 푸른 바다 모래밭에 묻지 마라.
슬픔이 말라버리면 빛 좋은 날은 오게 마련이다
못다 부른 사랑 노래는 사랑하는 사람께 가서 불러라
겨울 속으로 들어가야 봄을 볼 수 있다
희망이 찾아오지 않으면 가라 가보라
오늘 못다 했으면 내일 다시 하라
세상은 생각대로 이루어진다.
꿈이 멈추는 것은 생각대로 행동하지 않기 때문이다

개의 눈빛

잘 보이려고 속이고 억지웃음 짓는 일
위선을 눈치채지 못하도록 행동하는 일
가짜의 탈을 쓰고 허풍 떠는 일
악을 감추고 선한 척하는 일
위험할 때는 먼저 피하는 일
허영심을 숨기고 착한 얼굴 들이미는 일
약자에게 거만하게 구는 일

개는 나를 정확히 뚫어본다
자기와 반대인 생각이 신기하다는 듯
개의 그런 눈빛이 두렵다
개만도 못하다는 말을 들을까 염려된다
인간 얼굴은 두껍다고 짖을까 걱정이다

사치와 질투에 물든 모습
시기와 배신도 허락하는 모습
자신의 결단과 용기로 행동하지 못하는 모습
외롭다 고독하다고 불평하는 일
명예와 부 쌓기로 시간 낭비하는 일
양심에 따라 행동하지 않는 일

개가 옆에 없는 것이 낫다
개를 멀리하는 이유는 너무 많다
내가 하는 사랑이 욕망 아니냐며 노려보는 등등

덫

서로를 위한 사랑은 욕망을 말하지 않는다.
그리움이 채워지면 꿈이 저물어간다
사랑의 감동은 선물하고 싶고 따뜻하게 피워주고 싶다는 것
입 맞추고 싶다는 희망이 살아있다는 것
메마른 현실 속에서 별빛이 되어준다는 환상
영원히 함께하겠다는 약속은 사랑의 꿈을 그릴 때까지다
사랑을 꿈꾸다 눈물을 안아 보기 전까지다
변하지 않는 것은 숨길 수 없는 욕망뿐
영원히 피는 꽃은 없다, 깨지 않는 사랑의 꿈도 없다
사랑의 샘물이 솟아오를 때 사랑하자
어둠이 감싸 안으면 욕망의 바람이 내린다.
연기를 할 필요가 없을 때 추억을 매만진다.
돌아갈 수 없는 강, 가슴속에서 만든 덫, 사랑이라 쓴다.

목련

간절한 소망, 빛나는 모습
꽃을 가지자는 연인들 때문에 시들어버린 모습
목련은 알면서 왜 유혹했을까
자신 안에 꽃을 피우고 싶다는 연인들은 호기심 사라지면 버린다는 걸
꽃이 꺾이어도 남는 열매가 더 많을 것이라는 계산된 목련인가
승자 없는 사랑놀이, 밀고 당기는 게임
목련 지듯 연인들도 질 때가 있다
죽음을 지울 때 두렵지 않다
목련은 날아오르기 위해 떨어진다.
연인들은 빛을 잃어가는 밤이 오면 사라진다.
연인들은 날개를 펴지 못한다는 것을 안다
비바람에 부러져도 다시 피어나는 목련
거울 속의 자신을 비추다가 떠나야 함에 흩어지는 연인들
떨어진 목련 밟지 마라, 몇십 년 후까지 사랑하고 있지 않다면

자연에 살다

이제 더 이상 아는 이들에게 상처받고 싶지 않다
친해질수록 배신의 아픔은 크고
사랑한다면서 고통을 주고
상처는 아는 사람들이 더 아프게 한다.
상처를 치유하고 싶다, 더 이상 상처받고 싶지 않다
자연에 홀로 살면 참 좋겠다.
아는 사람들을 만나지 않는다는 것은 자유로운 행복이겠지
스스로 홀로의 향기를 맡는다는 것은 좋은 거겠지
갈등과 상처, 불안과 스트레스도 아는 이가 하는 것
이제 세상을 살아가느라 지치고 싶지 않다
나를 잃어 나를 찾는 길 자연에 살자
은하수가 서쪽으로 건너가는 별을 보고 싶다
별사랑에 끙끙 앓는 것도 나쁘지 않겠지
혼자 있어도 참 좋은 나만의 장소를 만들고 싶다
지금 중요한 것은 나 자신과 마주하는 용기
욕심을 다스리며 살 수 있겠지
자연에 살다. 자연에 살고 싶다

가을 나무

푸른 나무들이 낙엽으로 스러진다.
색을 빼앗기고 시들어간다
본래 언어로 표현하지 않지만 져버리는 것이 당연하다는 듯
아주 멀어지는 잎들을 보내며 멍하니 바라본다.
하얀 겨울을 맞아 조각상처럼 견디려 한다
잘 곳마저 찾지 못한 것들과 얼어붙어서 하나가 될까
몇 번이고 찾아오는 가을이 부럽다
한 생이 가면 끝나는 삶
수많은 겨울을 감당해도 나무는 인간보다 낫다
겨울은 봄이 오면 떠난다고 귀띔해주건만
인간은 익을수록 침묵을 유지한다.
가을 나무가 자리를 비켜주며 겨울을 앉힌다.

탐하다

열심히 탐하지 않아도 나이는 드는데
잘 살아가기도 바쁜데 탐함을 짊어지고 간다.
흠집이 난 사과처럼 부끄러워하지 않고
습관처럼 몸은 마음보다 먼저 행한다.
망설임 없이 손을 뻗는 것은 욕망이 시킨 일인가
상처 난 사과도 목마름을 돕는데
껍데기 버리듯 사랑까지 들었다 놓는다
채워도 빈집 뒤척이다가 잡지 못하고
빈 바람 빈속의 자신을 보지 못한다.
언제나 해 뜨듯 눈 뜰 것으로 안다
탐하는 마음은 중력이 없는 것인가
욕심의 무중력 속에 나는 사라져가고 있다
내일부터는 뿌리치고 살 거야, 한 번뿐인 인생
탐함을 놓으려니 사랑이 먼저 채워지고 있다

윤회

눈에 보이지 않는 세상은 두렵다
눈에 보이는 세상은 견딘다.
천국을 기다리면서 현재를 이긴다.
참회할수록 사망 뒤에 평안하다는데
현상의 세계를 누리려 하지 않는다.
이승의 인연을 웃는 모습으로 놓았던 사람
하늘 세상에서 다시 태어난다며 편안히 눈감던 사람
영혼이 바람으로 흩어졌다가 하늘나라 간다고
빈 세상 잠시 왔다가 돌아가는 거라고
윤회의 법칙
눈에 보이지 않는 세상이 그려진다.

자화상

쾌락의 욕망이 채워질 수 없었구나.
잡고 싶은 건 잡아도 다시 공허하구나
저 산은 그대로인데 세월에 무너진 나
무엇을 쥐려고 몸부림쳤는가.
얻으려 하지 말고 잃으려 하지 말 것을
덧없이 나이만 먹고, 욕심이었음을 안다
다시는 부자 되려고 하지 않으리라 다짐한다
욕망을 내려놓았다 말하니 바람이 슬피 운다.
인생의 끝자락에서 하고 싶은 일을 세어본다
돈에 붙잡혀 고개 떨치고 살 이유는 없을 것이다
시를 써서 바람에 매달아 놓고 싶다
거울을 본다. 세월에 지친 눈빛이 나를 향한다.

양복

옷장에 누워있는 양복들
나들이 못 하느냐며 슬피 울고 있다
양복 입을 날이 언제 다시 올까
양복과 영영 이별할 날만 다가온다.
양복은 옛날의 온기에 목마른가 보다
내 머리는 하얘졌는데 양복은 외출 생각뿐인지
걷기가 귀찮아졌는데 날개라도 되고 싶은 듯
내 죽은 뒤 아파할까 봐 나눔 장에 보낼까
고독하게 누워있는 공간에 추억이 녹 쓸어 간다.

내 몸을 스쳐 간 양복을 바라본다.
행복했던 기억이 밀려온다.
처량하게 기다리기만 하는 양복
한 생명을 물끄러미 바라본다.
양복 너 때문에 가슴 뿌듯하다고 했었는데
이별에 익숙해도 너를 잃어버리고 싶지 않다
공허한 마음이 뜨겁다

꽃밭에서 풀을 뽑으며

꽃이 먼저라고 잡초를 뽑는다.
풀들이 제 몸 풀어 눕는다.
옷 벗고 속마음까지 보인다.
풀들이 애원하는 것은 들으려 하지 않는다.
이제 막 얼굴 내민 어린 풀까지 캔다.
옆에서 농염한 자세 뽐내는 꽃들
텃세 한번 부리지 못하고 풀죽은 잡초들
꽃들이 혁명을 통해 꽃밭을 장악했다
악마의 유혹이라도 터 잡게 해달라던 풀들
발목 언저리에 누워있다
계절에 맞지 않게 잠겨있다

나이 드는 것도 괜찮아

늙는다는 것은 설움이 아니다
하고 싶은 노래를 메아리로 남길 수 있다는 것이다
어제 못 가본 길 오늘은 걸어가 볼 수 있는 시간이 있다는 것이다
옛 친구 간곳없이 무정하지만 자유로운 나그네 될 수 있다
여인네의 포말 같은 몸도 어지러움에서 해방된다
낯선 여행지도 선택의 권리를 부여받는다.
하고 싶은 일만 할 수 있다는 건 무한한 특혜다
하고 싶은 일만 하기에도 생이 짧다는 것을 느낀다.
여러 상념 잚어지고 아침을 맞지 않아도 된다.
하늘 보고 새소리 듣고 환하게 살 수 있다
버릴 것만 남기는 삶을 즐길 수 있다
젊은 날이 훤히 갈 때 나는 없어지지만 나이 드니 내가 보인다.
표류한 과거로 돌아가고 싶지 않다
황혼에 지더라도 지금이 좋다
나이 드는 것도 괜찮아

산山

산은 말이 없다, 실속 없이 떠든 말들 때문에 뒷걸음치지 않는다.

산은 믿음이다, 변명도 많고 이유도 많은 생떼를 부리지 않는다.

산은 문이 없다, 새도 바람도 걸리게 하지 않는다.

산은 기다림이다, 새소리보다 발걸음 소리보다 먼저 와서 기다리고 있다

산은 평화다, 미움이나 괴로움을 움트게 하지 않는다.

산은 생명이다, 끊어지는 시한부로 허무함을 낳지 않는다.

산은 수행이다, 변해보았자 계절의 옷을 갈아입고 침묵한다.

산은 스스로 지킨다, 못생긴 나무까지 어울릴 줄 안다

산은 독립한다, 기대어 사는 우리와는 생각부터 다르다

산은 품는다, 고삐 풀린 바람까지도 아우른다.

산은 포근하다, 외롭게 지나는 구름도 바람도 말을 걸어준다

산은 반긴다, 산객도 지팡이도 어서 오라 반겨준다

행복 많이 만드는 날

한때가 없었던 사람은 없다
지난날들은 차가운 미풍에 날려갔다
왕년에 바람꽃 피던 자리는 세월이 차지했다
청춘도 제풀에 지쳤다
인생을 깨달을 줄 알았을 것이다
중요한 것은 현재와 미래
그렇게 살지 않을 것이라면 답은 정해졌다
오늘 못하면 내일 못하고 죽어서도 못한다.
세월은 소리 없이 닳는 속도가 빨라진다.
태어나서 자란 자리가 무덤 되는 나무가 아니다
세상 구경이 해와 구름뿐인 바위도 아니다
눈 속에 파묻을 만큼 꿈이 작은 것도 아니지 않은가.
행복은 만드는 것, 누가 만들어주지 않는 것
오늘도 행복 많이 만드는 날이어야겠다.

풍세산장

풍세천에서 길어온 별
산에서 캐온 구름
두남 산장에 모아놓고 미소 짓는다
쪽빛 물감 풀어 놓은 하늘 보다가 눈이 시리도록 반짝이는 들판을 본다.
산장은 시의 무대가 되고 붉게 익어간다
고요한 뜨락에 꽃들이 키재기 한다.
환하지 않은 것이 없다
혼자서도 외롭지 않다
삶이 채워진다.
삶을 품는다.
먼 산에서 고단한 몸 내려놓고 간다.

삶을 품다

거울을 본다.
얼굴을 잘 만들어가고 있다
내 자신의 얼굴은 내 자신의 정신 탈이다
생각과 행동이 밖으로 드러난 모습
저마다 자기 얼굴을 지닌다.
내 이력서가 거울에 있다
내 삶의 몫을 살고 있다
남의 그림자는 밟지 않았을까
주름이 있으면 어떠한가.
내 삶에 감사한다.
내 그릇에 내 삶을 채웠구나.
꽃 피겠다

나는
자연인이다

여기저기 얽매여 괴롭당하고 있지 않다
광덕산장
자연의 품속에 나를 눕힌다.
농막이지만 내게는 왕궁
수익을 바라지 않으니 욕망이 없다
밭에는 돈이 될 내 것이 없다
물건에 짓눌려 옹색해질 수 없다
갖지 않으니 고통이 없다
욕망의 집에서 벗어난 산장
세상과의 싸움이 끝난 곳
많이 내려놓으면 많이 평화롭다
자연인으로 살면 편안하고 조용하다
새롭게 시작하니 봄이 움튼다.
자연을 통해 모든 자연의 끝에 이른다.

5부

어머니

어머니 1
어머니 2
어머니 3
어머니 4
어머니 5
어머니 6
어머니 7
어머니 8
아버지 1
아버지 2
아버지 3

그곳에 가면
시간의 얼굴
나한테 잘하자
소금꽃
인생 이모작
봄

어머니 1

천주교 신자인 이 수산나, 나의 어머니
농촌에서 태어나 어렵게 살아온
근검절약이 몸에 밴 분
궁핍한 가정 이끌며 자식들 교육에
온갖 궂은일 안 해 본 게 없으시다
초등졸업 학력으로 지혜의 맹모삼천지교
학교 담장 옆에 집 지으시고
대가족 이끌며 살림 이루면서
책 읽고 꽃 가꾸던 나의 어머니

어머니 2

거동이 불편해 외출 삼가고
요양보호사 돌봄 받는 어머니
마음 평화 건강에 최고라고 하느님 믿는
믿음으로 병원 도움 없이 구십 구년
생을 이어간다.
두 살 아기같이 네 발로 이동하며
같은 말 반복한다. 사랑한다, 아들아!
인지능력 치매 청력 소화력 검진 결과
순응하며 성실히 매일 다니던
경로당도 끊었다
요양병원, 자식들과 합가조차 거부하고
독립된 생활 자유를 원하는
수산나 나의 어머니

어머니 3

정말 혼자가 좋을까 어머니는
혼자 산 지 10년 생활
영혼의 집인 육체 자연치유력 믿으며
병균아 나 죽으면 너도 따라 죽는다.
한 알의 약도 거부하고 병마를 다스린다.
병을 공격하지 않으려 검진 없이
당당한 생명외경사상 실천하는
장한 나의 어머니

어머니 4

민들레 홀씨 되어 날아가려나.
바람 따라 떠나려는 것일까?
구십 구세 연륜의 두께만큼 작아진
어머니의 몸무게
줄어든 식욕만큼 가벼운 어머니의 육신
거친 손발에서 피어나는 검버섯의 꽃
가늘어진 여인의 숨소리를
젖은 두 손으로 감싸 안아 본다.
마음이 아픈가, 눈물이 짜다
바람 타고 떠나시려 하나요?
안으면 가볍고 업으면 더 가벼운
가여운 나의 어머니

어머니 5

혼자만 아는 노래를 새처럼 노래한다.
어머니와 나, 서로 다른 세상
노래가 춤추고 말이 미끄러진다.
너무 소중한 것은 보이지 않는가.
백수 어머니를 둔 나는 행운아인가
하루에도 몇 번씩 되뇌는
어머니의 옹알이를 알아듣지 못한 나
그런데도 사랑한다, 쉽게 말하는 어머니
사랑한다 말하지 못하는 나
초연한 삶 신의 얼굴 닮은 경계 없는
어머니의 세계 무아경지의
자유로운 영혼이 유영하는 그곳을
오늘도 어머니는 닿도록 넘나든다.

어머니 6

더는 걸을 수 없다, 울어도 소용없다
눈물은 바람에 말리는 거라는 그런 눈물이
손등에서 마른다.
살아온 날들의 기억 구름 속으로
아스라이 사라지는 신비는 환희다
구름 따라 걷다가 초점이
허공에서 분쇄한다.
공중에 흩어지는 과거 속으로
먼지들이 날아간다.
퇴색된 풍경들이 영상으로 휘돌아 친다.
잡히지 않는 것들을 붙잡으려
안고 있던 인형을 놓치고 말았다
영락없는 두 살 아기의 어머니가
해맑게 웃고 있다

어머니 7

로댕의 허리 보다 휘었다
구부리고 모로 눕는 것이 편안한
작은 동작도 온몸으로 움직이는 가냘픈 의지
방바닥 배밀이를 하며 잠시 멈춰
읽히지 않는 성경책을 보다가 시야가 흐려진다.
어릴 적엔 참 행복했었지
아기 시절 생각하니 아기가 되나 보다
허기를 채우고 옷을 갈아입는 시간
잠깐, 소녀 시절로 돌아가 부끄럼 탄다
입는 옷 벗는 날 곧 올 거라며 잠을 청한다.
노쇠한 육체와 충만한 영이 만난 곳에서
어머닌 파랑 꿈을 꾸는 걸까?

어머니 8

높이 오르려는데 추락한다.
더듬더듬 촉각을 곧추세우고
고목 된 느티나무를 껴안고 있다
몇 잎 남은 고운 색으로 물든 단풍잎
마지막 잎 새가 흔들거린다.
나무를 오르려는 발바닥 각질이
시간의 더께로 내려앉았다
고단한 삶을 펌프질하는 숨소리 거칠다
다시 일어서야 한다고
힘든 등걸을 부여잡는다.
오늘을 놓치면 내일이 없다고
기어이 오르려는 벽을 붙잡다 놓친다.
살아온 날들로 돌아가는 시간이다

아버지 1

숨 속에 무엇이 들었을까
숨소리에서 눈물이 흐른다.
아버지를 천국으로 모신 날부터
울음과 멀리 살았던 내가 변했다
아버지 생각 때마다 급하게 숨 쉰다
가파르게 눈물이 흐른다.
보고 싶어 눈가를 비비다가 꿈이 깬다.
아버지라고 부르는 것이 그렇게 좋았구나.
그리움을 묻고 살아야 하는데 아픔이 먼저다
캄캄하게 울어버린 밤은 지났다
나는 하나의 영토를 잃어버렸다
새로운 신화는 없을 것이다
흔적을 설거지할 이유도 없지만
내가 따라갈 때까지는 숨소리 낼 모양이다
새롭게 울고 싶어도 살아야 한다는 음성
젖은 휴지 호주머니에 넣으며 빈 하늘 바라본다.

아버지 2

하늘나라 가신 후에야 사랑하게 되었어요.
아버지 부여잡고 사랑한다 말하고 싶어요.
더는 사랑할 수 없음에 후회만 남았네요.
아버지 말씀, 아버지 손길 소멸함이 서러워 눈물만 납니다
아버지 만나러 하늘나라 가면 찾을 수 있을까요
그때가 언제인지도 모르면서 선물을 챙기려합니다
그립다 기다리다 찾아갈까 나섭니다.
길 아는 이 없다는데 여행 가듯 나섭니다.
준비가 덜 되었는지 초심이 없는 건지 오늘도 헤맵니다.
아버지 뜻 모두 따르리라 마음 가득합니다.
나이 더 먹고 세월 더 보내면 이루어질까요.
아버지께 상의하고 싶은데 아버지께 여쭤보고 싶은 것 있는데
기도하는 마음과 기도하는 몸짓 바람으로 웁니다.

아버지 3

자식들에게 배고픔을 물려주지 않기 위해
자식들에게 흙 파는 생을 물려주지 않기 위해
손발이 가죽 되도록 애쓰시던 아버지
그런 모습 보기 싫어 도망 다녔던 아이
살찐 그 아이는 어른 되어 때깔 좋은 얼굴로 고개 숙이고 있습니다.
이 장터 저 장터 다니며 물건 팔던 자전거
고단하게 사셨던 유물이 녹 쓸어 부서졌습니다.
아버지! 부를 수 없는 사모곡
배가 고파도 배부르다고 말할 수 있는데
꿈속에서도 고단한 모습만 보입니다.
효도 못한 기억이 깨어납니다.
옛날의 안쓰러운 흔적이 들판에 펼쳐집니다.

내 그림자 시들어가니 내 자식 돌아봅니다.
잘못한 것만 기억되는 삶도 유전될까요.
바람으로 사라질 육체 부끄러워 담을 것 찾아봅니다.
허기진 배를 채우던 생고구마, 물이 더 많던 칼국수,
보리밥 또 없냐고 투정만 부렸던 시절보다
시장 바닥에서 농산물 팔던 아버지 외면했던 내 모습이 더

괴로워

지금은 아버지 원하는 것 다해 드릴 수 있는데
아버지 가슴 뜨겁게 잘할 수 있는데
대답 듣기 힘들어 눈물 반 그리움 반 뿌연 하늘만 바라봅니다.

그곳에 가면

그곳에 가면 꽃향기에 귀를 기울여야지
새들이 노래할 때는 고상하게 눈을 감아야지
잠잠한 숲이 깨어나지 않게 사뿐하게 걸어야지
우주가 문을 열도록 노크는 해야지
새들이 날아들도록 사심은 없애야지
시냇물 흐르는 소리는 꼭 들어야지
고향에서 인생이 흘러가는 소리 듣는 것도 괜찮을 거야

세상을 바꾸어 놓겠다고 떠난 고향
나 자신만 개조하겠다고 돌아보는 고향
떠나오던 날 서운히 바라보던 정자나무
새소리 없어지고 적막함이 흐른다.
다시 시절은 없음을 본다.
내가 겪은 기억의 그림자 어디 갔을까
멀리서 들리는 뻐꾸기 소리 아득함을 심어준다

시간의 얼굴

내 얼굴은 시간의 얼굴이다
산도 바다도 얼굴이 있다
산은 든든하나 막힐 때 있고, 바다는 트인 맛은 있지만 허황하다
여러 조짐이 보이게 하는 것도 시간의 얼굴이다
열심히 살아도 얻어낸 것이 없다면
어디서 와서 어디로 가는지 이어지지 않는다면
개똥벌레에 그치고 만다.
다른 세상으로 옮겨 갈 때까지 최선을 다하자
발밑의 땅을 느낀다.
시간의 얼굴이 평정을 잃지 말라 전해온다

나한테
잘하자

나한테 잘하는 것이 가장 잘하는 것이다
다들 사랑스러우면 나도 사랑스런 사람이 된다.
나만 불행해 보이는 건 비교 때문이다
비 맞으며 일하러 가지 않는다면 행복한 사람이다
쓸모없는 능력을 버리는 사람도 행복한 사람이다
내가 고생한 걸 나는 아니까 나한테 박수쳐야 한다
규칙적인 생활은 나한테 잘하는 것이다
그 사람 마음이겠지 하는 것도 나한테 잘하는 것이다
행운이 언제 닥칠지 모른다며 사는 것도 나한테 잘하는 것이다
세상의 아름다운 것에 나를 확인시키는 것도 나한테 잘하는 것이다
이해할 수 없는 사람을 이해하려 들지 않는 것도 나한테 잘하는 것이다
그러므로 희망을 비밀처럼 품고 나한테 잘하고 살아야 한다

소금꽃

소금꽃 피는 마을
제주도! 바다가 둘러싼 섬
넓고 깊은 바다는 나의 쉼터
묵직한 삶의 무게 갯바위에 앉는다.
내 욕망의 깊은 곳을 들여다본다.
시간은 파도처럼 그냥 두어도 흐른다.
신발이 바다 향기 깊숙이 물든다.
맑은 영혼이 쉴 자리 찾아왔다
욕망의 가지를 치고 집착을 비우러 왔다
서둘지 말라고 썰물이 말한다
돌아가는 뒷모습이 아름답다
바쁘다고 무시했던 영혼을 만나야겠다.
허공에 소금꽃 피었다

인생
이모작

추억은 황홀한 슬픔이다, 아니다, 꿈같은 기억이다
항상 마주했던 오늘, 무제한으로 얻어지는 것이 아니었구나.
자식들도 변해가고 다른 풍경도 변해간다
아이들과의 추억은 사진첩에 담겨있고
아이는 부모를 닮고 자신들을 꾸민다.
자식들도 독립했으니 인생 2막은 나를 위해 꿈을 펼칠 무대
남은 인생 이모작으로 살아야지
살아보지 않은 시간 속으로 들어가 봐야지
나는 연습 없이 태어났지만 훈련하고 죽어야지
더 늙어도 외롭지 않도록 의미 있는 것을 담아야지
감당할 무게만큼 욕망하며 하고 싶은 일을 해야지
내 의지로 나를 운행해야지
글 쓰는 시간, 지금이 참 행복하다

봄

피어나기 위해 태어난 것을
시골의 자연은 확인해준다
착해지는 감정에 숨구멍 생긴다.
이마에 꽃 도장 찍혔는지 만진다.
돌이 자란다, 자연의 아름다움
내 입으로 꽃 한 송이 피워 올린다.
햇살이 잠든 바위를 두드린다.
아무것도 하지 않을 자유가 완벽하다
발자국마다 봄이 고인다.
꽃피는 소리 여유롭다
자연의 극히 작은 일부인 내가 자연이 된다.
나를 누르고 있던 것들이 향기에 실려 사라진다.
손을 내밀어 손바닥 가득 봄을 받는다.
평화로움이 합치되고 섞인다.
녹색의 에너지가 하늘을 향해 뻗어간다
봄이 산과 들을 헤엄쳐 간다
꽃들이 말한다
"봄을 좋아하세요? 유리창 밖으로 나왔네요."

나이 드는 것도 괜찮아

송양의 시집

초판인쇄 2022년 2월 08일
초판발행 2020년 2월 15일

지 은 이 송양의
펴 낸 이 노용제
펴 낸 곳 정은출판

주 소 서울특별시 중구 창경궁로 1길 29 (3F)
전 화 02-2272-9280
팩 스 02-2277-1350
이메일 rossjw@hanmail.net
홈페이지 je-books.com
ISBN 978-89-5824-448-6 (03810)

값 10,000원

* 이 책은 마포브랜드에서 개발한 Mapo 금빛나루체를 사용하여 제작되었습니다.